roman vert

Dominique et Compagnie

Sous la direction de

Yvon Brochu

Christiane Duchesne

Jomusch et le troll des cuisines

Illustrations

Josée Masse

**Données de catalogage
avant publication (Canada)**

Duchesne, Christiane, 1949-
Jomusch et le troll des cuisines
(Roman vert)
Pour enfants de 8 ans et plus.

ISBN 2-89512-205-9

I. Masse, Josée. II. Titre.

PS8557.U265J65 2001 jC843'.54 C00-941895-4
PS9557.U265J65 2001
PZ23.DE2JO 2001

© Les éditions Héritage inc. 2000
Tous droits réservés
Dépôts légaux : 1er trimestre 2001
Bibliothèque nationale
du Québec
Bibliothèque nationale
du Canada
Bibliothèque nationale de France

ISBN 2-89512-205-9
Imprimé au Canada

10 9 8 7 6 5 4 3 2

Direction de la collection :
Yvon Brochu, R-D création enr.
Éditrice : Dominique Payette
Direction artistique et
graphisme : Primeau & Barey
Révision-correction :
Martine Latulippe

Dominique et compagnie
300, rue Arran
Saint-Lambert (Québec) J4R 1K5
Téléphone : (514) 875-0327
Télécopieur : (450) 672-5448
Courriel :
info@editionsheritage.com

Nous remercions le Conseil des
Arts du Canada de l'aide accordée
à notre programme de publication
ainsi que la SODEC et le ministère
du Patrimoine canadien.

Gouvernement du Québec –
Programme de crédit d'impôt pour
l'édition de livres – SODEC

À la mémoire
de monsieur
Debrieult, chien

Chapitre 1

Monsieur Volpi n'arrive pas à comprendre ce qui a bien pu se passer.

Albert a disparu.

C'est un énorme chien, Albert, il ne peut pas disparaître. Comment peut-on perdre son chien quand on s'est couché la veille, le chien au pied du lit, portes et fenêtres bien fermées à cause du grand vent ? Comment peut-on perdre son chien dans sa propre maison ? Car, monsieur Volpi le sait bien, Albert a d'immenses qualités, mais jamais encore il n'a réussi à ouvrir une fenêtre, et surtout pas une porte.

Debout devant la grande fenêtre qui donne sur la mer grise, monsieur Volpi passe pour la centième fois la main dans ses cheveux blancs.

Les cloches sonnent, très loin dans la montagne, là-bas, au bout des champs. Il est six heures du matin.

– Albert ! Albert ! Albert !

Pas un bruit. Ou plutôt, de temps en temps, des coups qui font sursauter le vieux Volpi ; sûrement le vent qui fait battre les branches contre le toit.

– Albert n'a pas pu disparaître, un chien comme Albert ne peut pas disparaître ! dit Volpi à voix haute.

Non, il n'a pas pu s'enfuir : un chien comme Albert ne quitterait jamais son maître.

Voilà dix-sept ans qu'Albert est

entré dans la vie de monsieur Volpi. Si on calcule en années de la vie d'un chien, Albert est aujourd'hui âgé de cent vingt-six ans.

– Albert ! Albert ! Albert !

Monsieur Volpi refuse de pleurer malgré les larmes qui lui brûlent les yeux. Et si son vieil Albert était caché dans un coin, malade, incapable de bouger pour cause de vieillesse ?

Tout à coup, monsieur Volpi empoigne le téléphone et appelle les bureaux de la police.

– Commissaire Jomusch, que puis-je faire pour vous ? répond une voix très jeune, un peu endormie.

– C'est Volpi. J'ai perdu mon chien ! Chez moi ! précise-t-il.

– Vous avez perdu votre chien chez vous ? s'étonne la voix à l'autre bout du fil.

– Chez moi, confirme monsieur Volpi.

– C'est un petit chien ? demande le commissaire Jomusch.

– Pas du tout, il pèse quarante kilos.

– Il est vieux ?

– Cent vingt-six ans…

– C'est un vieux chien, fait remarquer le commissaire Jomusch. Et ce gros chien s'est perdu chez vous… Vous avez une grande maison ?

– Assez, mais tout de même pas pour s'y perdre !

– J'arrive, déclare le commissaire Jomusch.

– C'est à gauche après le…

– Je sais, ajoute le commissaire avant de raccrocher.

Chapitre 2

Jeune homme aux très longues jambes, juché haut sur son vélo, le commissaire Jomusch arrive à sept heures pile. Malgré le vent à déraciner les arbres, monsieur Volpi l'attend dehors : Jomusch pourrait bien passer tout droit. De la route, si on ne fait pas attention — trop d'arbres, trop de fleurs et trop d'arbres en fleurs —, on peut facilement passer devant la maison sans la voir. Mais Jomusch ne rate pas l'entrée. Il prend soin d'attacher son vélo au pied des quelques marches qui montent à la terrasse vitrée, serre vigoureusement la main de monsieur Volpi et enlève son casque effilé. «Dieu, qu'il a l'air jeune! Je pourrais être son grand-père», remarque Volpi en menant le commissaire sur la terrasse qui domine la mer.

Une fois la porte refermée, on s'entend mieux. La mer, aujourd'hui, fait un vacarme d'enfer, les vagues se brisent plus haut qu'à l'habitude, le vent a changé l'ordre des choses.

– Votre chien se nomme?... commence le commissaire, en ramenant une longue mèche noire derrière son oreille.

– Albert.

– Et vous me dites qu'il n'a pas pu sortir depuis hier soir?

– Impossible. Avec ce temps, vous laisseriez un chien sortir, vous?

– Bien sûr que non, répond vivement le commissaire. Donc, ce chien n'a pas pu sortir, mais il n'est plus dans la maison. Avouez que c'est étrange.

– Voilà pourquoi je vous ai appelé, répond doucement monsieur Volpi. Café ?

Pendant que monsieur Volpi l'emmène à la cuisine, le commissaire passe à voix haute des réflexions sur la maison. « Magnifique, immense, toute seule devant la mer et entourée de rosiers sauvages. » Jomusch a toujours voulu la voir de l'intérieur, cette maison qu'il admire chaque fois qu'il passe devant depuis qu'il est petit. Des planchers blonds, polis comme des miroirs : les jours de grand soleil, le bois doit prendre des couleurs de miel. Curieux, le jeune commissaire; très curieux, il voudrait tout savoir. «Est-ce que l'escalier de la cuisine rejoint le même palier que l'escalier de l'entrée? Ce rosier, là, juste devant, a-t-il un nom? Vous aimez les roses, monsieur Volpi? Et Albert, il est de quelle race? Pas de race?»

– La maison, elle date de quand? demande encore Jomusch avant de tremper les lèvres dans le café brûlant.

– Elle est vieille. Construite par le grand-père de mon grand-père. Vous imaginez?

Oui, le commissaire Jomusch imagine très bien: une très vieille maison, avec un très vieux monsieur dedans, et un très, très vieux chien qu'on ne retrouve plus.

– Vous permettez que je fasse une

première inspection ? Ne vous dérangez pas pour moi. Et puis, si vous me permettez, je préférerais visiter sans vous. Pour la concentration, vous comprenez ?

Monsieur Volpi comprend tout, permet tout. Le commissaire Jomusch peut aller où bon lui semble, se sentir comme chez lui, faire tout ce qui lui plaît, à condition qu'il arrive à retrouver Albert. Avec ses jambes qu'on dirait trop longues, Jomusch fera son inspection plus rapidement qu'accompagné d'un vieil homme triste.

Pendant que Jomusch commence sa tournée de la maison, monsieur Volpi retourne contempler la mer battue par des vents trop forts et presque noire tout à coup. « Une mer de fin du monde ! » se dit-il, inquiet.

18

Et si on ne retrouvait pas Albert ? Monsieur Volpi n'imagine pas la vie sans Albert. Il est l'unique chien de sa vie, le seul animal qu'il ait jamais possédé. Avant Albert, jamais l'idée ne lui était venue de partager sa vie avec une bête. C'est après la mort de madame Volpi qu'il a trouvé Albert. Ses amis lui avaient suggéré d'acheter un chat, un oiseau, un cheval, des poules, peut-être ? Avant même d'avoir pu y réfléchir, monsieur Volpi avait trouvé il y a dix-sept ans, là, devant la maison, tout près de la mer, ce chiot qui ne savait même pas ouvrir les yeux. Volpi l'avait pris dans ses grands bras, l'avait ramené à la maison, lui avait fait boire du lait au bout de son doigt. Patiemment, avec des douceurs de mère, il avait sauvé le petit. Il avait grandi rapidement, Albert ! « Rien de trop beau pour toi ! » disait-il toujours. Seulement le meilleur pour en faire le meilleur chien. Madame Volpi l'aurait beaucoup aimé.

Albert et monsieur Volpi ont passé dix-sept ans ensemble. Dix-sept ans à discuter tous les deux les soirs de pleine lune, à arpenter pendant des heures le bord de la mer, à monter jusqu'au sommet de la montagne pour voir la mer de haut. Dix-sept ans à regarder le feu l'hiver, à se lever aux mêmes heures, à se coucher aussi fatigués l'un que l'autre après les longues journées passées ensemble à respirer l'air vif chargé de sel. Et voilà que ce serait terminé ?

Chapitre 3

Lorsque le commissaire Jomusch redescend, monsieur Volpi remarque qu'il fronce bizarrement les sourcils. Lentement, il fait le tour de la pièce, frappant ici et là les murs du bout du doigt. Monsieur Volpi n'ose l'interrompre. Qu'est-ce qu'il fait, ce grand jeune homme, à tapoter ainsi les murs? Le commissaire Jomusch plaque l'oreille contre le mur, tape un léger coup et écoute attentivement.

– Attention, murmure monsieur Volpi en souriant, vous allez réveiller le troll des cuisines…

Mais Volpi n'a pas parlé assez fort pour que le commissaire Jomusch puisse l'entendre.

– Monsieur Volpi, demande le commissaire Jomusch, existe-t-il dans cette maison des couloirs secrets, des souterrains, des boyaux de communication ?

Monsieur Volpi lève sur le commissaire un regard étonné. Des quoi ?

– Oui, reprend le commissaire. Des boyaux de communication. Comment vous dire… Des espaces vides entre les murs, ou d'anciennes pièces de la maison qui auraient été murées. Des passages ?

Monsieur Volpi ne sait que répondre.

– Je ne vois pas, monsieur le commissaire.

Et Volpi sourit en s'entendant

prononcer « monsieur le commissaire », car monsieur le commissaire ne doit même pas avoir trente ans.

– Je ne vois pas du tout, reprend le vieil homme. Je connais cette maison par cœur, j'y suis né, j'y ai passé toute ma vie, je…

– Pourtant, ajoute prudemment Jomusch, il semble qu'il y ait dans votre maison des espaces à écho.

– Des espaces à écho ? répète monsieur Volpi.

– Des endroits de votre maison qui serviraient de chambres de résonance…

Monsieur Volpi secoue la tête ; il ne voit pas du tout de quoi il pourrait s'agir. Le commissaire Jomusch le prie de s'asseoir avec lui devant la grande fenêtre, devant la mer de plus en plus déchaînée.

–Vous entendez ce vent! dit Volpi.

Patient, prenant soin de donner
tous les détails nécessaires à son
explication, le commissaire Jomusch
raconte à monsieur Volpi que, dans
bien des vieilles maisons, il arrive que
certaines pièces aient été fermées

pour toujours. Murées, bouchées, ou-
bliées. Ou encore, il peut exister des
couloirs souterrains bloqués par des
pierres.

—Voyez-vous, dit le commissaire
Jomusch en pesant bien ses mots,
on entend dans vos murs de bien

étranges sons.

Depuis quand entend-on d'étranges sons dans les murs ? Il y a des sons dans les murs, oui. Mais étranges, non. Les clous qui pètent en hiver, quelques souris qui s'y promènent, de minuscules morceaux de plâtre qui se détachent et qui tombent à l'intérieur des cloisons. Bien des choses bougent dans les murs. Cela ne produit pas d'étranges sons. Les bruits de ses murs, monsieur Volpi les connaît par cœur.

– Non, je ne parle pas des sons normaux d'une maison, monsieur Volpi. Je dis : des sons étranges. Comme une respiration. Ou bien comme quelqu'un qui dort…

Et pourquoi pas des fantômes, tant qu'à imaginer n'importe quoi ? Quel bruit fait quelqu'un qui dort ?

Qui ronfle, peut-être ! Où ce jeune commissaire va-t-il chercher de pareilles idées ? Le ciel se fait tout à coup plus noir et Volpi, qui n'a pourtant jamais été craintif, sent tout à coup son cœur frémir à l'intérieur de sa vieille poitrine. Qui donc dormirait dans ses murs ?

– C'est impossible, commissaire ! Vous le savez aussi bien que moi. Qui pourrait bien respirer dans les murs de ma maison ?

Monsieur Volpi craint que le commissaire ne soit un peu fou, ou tout au moins bizarre. Il y a des gens qui croient à toutes sortes de faussetés. Pourtant, il a l'air bien, le jeune commissaire. Volpi aurait aimé avoir un fils qui lui aurait ressemblé.

Jomusch se gratte lentement l'oreille, puis il pose une main légère sur l'épaule affaissée de monsieur Volpi.

–Écoutez, je sais bien que cela vous semble impossible. Mais on voit parfois de bien étranges phénomènes.

–Je sais, je sais, dit monsieur Volpi. Il y a des gens qui prétendent plier des cuillères, mais ce ne sont finalement que de fabuleux imposteurs…

–Je ne veux pas dire que quelqu'un respire réellement dans vos murs, poursuit Jomusch. Mais tout simplement vous faire remarquer que, à cause de ce bruit de respiration que j'entends lorsque je colle l'oreille contre vos murs, je pense qu'il y a peut-être un couloir, ou une chambre murée, ou un espace dont vous ne connaissez pas l'existence, où votre chien Albert aurait pu se cacher…

Chapitre 4

Si c'est ainsi, il faut faire encore une fois le tour de toute la maison, sonder les murs, les ouvrir tous ? Si par hasard Albert a trouvé l'entrée d'une pièce dont il ne peut sortir, il faut l'en délivrer. Et vite !

−La cave ! C'est à la cave que nous le retrouverons, lance monsieur Volpi.

−Pas nécessairement, fait remarquer le commissaire Jomusch. Nous devons explorer toutes les pièces et tous les placards.

−Le grenier aussi, murmure monsieur Volpi. Mais il nous faudra des jours ! Et pendant ce temps, Albert mourra de faim. Il est vieux, commissaire, c'est un très vieux chien.

– Je sais, monsieur Volpi, je sais. Cent vingt-six ans, vous me l'avez dit. Écoutez, il est encore très tôt. Nous commençons tout de suite à sonder les murs de la maison et, dès neuf heures, lorsque les bureaux de la police ouvriront, je ferai venir du renfort. Avec deux ou trois hommes, nous irons plus vite. Mieux : nous demanderons la sonde…

– Montrez-moi comment faire, dit simplement monsieur Volpi.

Le commissaire Jomusch explique comment taper du bout du majeur, pas trop fort, à coups très secs, coller l'oreille contre le mur et écouter, puis taper encore. S'il y a des souris dans le mur, elles courront se cacher. Et si c'est le silence, ce sera le silence. Mais si on entend un écho dans le mur, c'est qu'il y existe des boyaux de communication.

– C'est le vrai nom pour ça ? demande monsieur Volpi.

– Je ne sais pas. Je vérifierai, répond Jomusch en repoussant la mèche derrière son oreille.

Les voilà tous les deux au grenier. Toc, toc. Rien. Du silence, c'est tout. Tous les trente centimètres, ils tapent, ils écoutent.

– C'est une drôle de journée, fait remarquer monsieur Volpi en rompant le silence. Une journée de fin du monde, vous ne trouvez pas ? Une mer de fin du monde aussi.

– J'aurais aimé avoir un grand-père comme vous, dit doucement Jomusch.

–Je ne vois pas le rapport, murmure monsieur Volpi, un peu embarrassé.

–À cause de la façon dont vous dites les choses. J'aime bien quand vous dites: «Une journée de fin du monde…»

Monsieur Volpi tourne les yeux vers le jeune commissaire.

–Moi aussi. Je veux dire… je vous prendrais bien comme petit-fils. Je n'ai pas eu d'enfants, donc pas de petits-enfants, voyez-vous? J'ai Albert et…

Le silence s'installe de nouveau entre les deux hommes. Au bout d'une demi-heure, ils ont fait le tour du grenier. Rien. Que du silence, encore. Le commissaire Jomusch s'assied par terre, ses longues jambes étendues devant lui.

– Rien, déclare-t-il, une mèche de cheveux noirs entre les doigts.

– Rien, répète monsieur Volpi. Dites-moi, Jomusch… Vous permettez que je vous appelle Jomusch ?

Le jeune homme hoche la tête avec un sourire.

– Dites-moi, à quel endroit exactement avez-vous entendu ce que vous appelez l'écho des murs, ou la respiration ?

– À plusieurs endroits, et c'est bien ce qui m'embête. Dans l'escalier qui monte au deuxième, à deux endroits différents. Dans l'entrée. Et dans le coin nord du salon. Et maintenant…, poursuit le commissaire, et maintenant, j'ai une terrible faim qui me ronge l'estomac. Pas vous ?

– Oh oui ! Je mangerais bien quelque chose. J'oublie parfois de

manger, surtout lorsque je suis inquiet. Mais je ne fais pas très bien la
cuisine, vous savez…

— Moi, oui ! lance le commissaire
Jomusch en riant. Vous permettez
que je vous invite chez vous ?

Chapitre 5

Le commissaire Jomusch coupe le beurre en petits morceaux, casse les œufs, les fouette à la fourchette, sale et poivre, coupe menu la ciboulette.

– Les œufs brouillés, c'est à la casserole qu'ils sont les meilleurs, déclare le grand Jomusch. Vous avez un peu de crème ?

Monsieur Volpi examine tous les gestes du commissaire et, sans un mot, met le couvert. La présence de ce jeune homme dans la maison le rassure. À deux, ils retrouveront bien Albert. C'est une question de patience et d'organisation.

– Vous avez des poules ? demande tout à coup Jomusch en servant monsieur Volpi.

– Non, ce sont les œufs de Fred. Fred, vous savez ? Fred, en haut de la côte.

Oui, le commissaire voit très bien.

– C'est un bon ami à vous, Fred ? demande encore Jomusch.

– Un très bon ami, oui.

– Albert l'aime bien, lui aussi ?

– Oui, répond Volpi, la bouche pleine.

– Se pourrait-il qu'Albert, en admettant qu'il ait pu sortir de la maison, soit allé faire un tour chez votre ami Fred ?

– Bien sûr que ce serait possible, répond Volpi. Mais si Albert était allé chez Fred, Fred m'aurait appelé, même en pleine nuit. Et puis, je vous l'ai dit, toutes les portes et toutes les fenêtres sont fermées depuis hier soir à cause du vent. Ils sont délicieux, vos œufs, Jomusch. Délicieux.

Le commissaire sourit. Monsieur Volpi aussi.

– Et ensuite? demande monsieur Volpi. La cave?

– Je ne sais pas, dit le commissaire. Je vais vous faire entendre les sons que j'ai captés dans l'escalier, dans l'entrée et dans le coin du salon. Je reprendrais bien un peu de café…

Monsieur Volpi tend le bras vers la cafetière.

Le silence s'installe dans la grande cuisine. Monsieur Volpi regarde le commissaire Jomusch manger d'un bel appétit. Le troll des cuisines, s'il existe, devrait avoir la tête de ce grand jeune homme, plutôt que son affreuse allure. Monsieur Volpi se surprend à penser à cette vieille histoire que lui racontait son grand-père. Les trolls des cuisines, Volpi les a toujours imaginés de mille manières : monstrueux, terriblement laids, mais charmants comme tout, et habiles dans les cuisines comme on l'est rarement. Dès qu'il a terminé, Jomusch s'empresse de tout ranger.

–Excusez-moi, je fais comme chez moi…

–Ne vous excusez pas, j'aime bien vous voir faire comme chez vous. Vous savez, quand on vit seul… et Albert n'est pas très habile dans une cuisine, ajoute le vieil homme en souriant.

–Allez, venez ! lance le commissaire en prenant affectueusement

monsieur Volpi par le bras.

Dans le coin du salon, il reprend son manège : l'oreille contre le mur, il se déplace vers la gauche, puis vers la droite. Sans un mot, le commissaire fait signe à Volpi de le suivre et ils reprennent, avec les mêmes gestes et dans le même silence, l'examen du mur de l'entrée. Puis, ils montent sans bruit l'escalier et, aux deux endroits marqués d'un léger « x » à la mine de plomb tracé par Jomusch, ils tapent encore doucement contre le mur.

Cette fois-ci, monsieur Volpi a bel et bien entendu. Le commissaire Jomusch a raison : on dirait une respiration, non pas derrière le mur, mais à l'intérieur du mur. Sauf que ces murs-là n'ont pas d'intérieur : derrière le mur du salon, il y a la bibliothèque, derrière le mur de l'entrée, il y a le salon, et derrière le mur de l'escalier, il y a l'extérieur. Et ces murs ne sont pas suffisamment épais pour que quelqu'un puisse s'y cacher.

– Des boyaux de communication, murmure Volpi.

– Par lesquels le son peut voyager, venant d'une autre pièce probablement murée, je vous l'ai dit. Allons à la cave.

Chapitre 6

Dans l'escalier, le commissaire Jomusch s'arrête net à la quatrième marche.

– Ça va, commissaire ? demande monsieur Volpi.

Derrière lui, le commissaire est penché, son long corps presque plié en deux. Du doigt, il suit une fissure qui descend, descend jusqu'à la vieille plinthe de bois. Sans avoir à fournir un grand effort, il appuie un peu plus fort et, du coup, son doigt traverse le mur.

– Regardez, Volpi ! s'exclame le

commissaire. Un trou ! Et si on suit les fissures, je vous parie qu'elles aboutissent toutes à un trou comme celui-ci…

Monsieur Volpi s'agenouille pour examiner ce que lui montre le commissaire. Un peu plus bas dans l'escalier, trois autres trous que le commissaire agrandit aisément du bout du doigt, comme si les vieilles pierres du mur s'étaient tout à coup ramollies.

– Vous ne pensez tout de même pas qu'Albert…, commence monsieur Volpi.

– Non.

« Les trous… », songe tout à coup Volpi.

Les trolls des cuisines sortaient parfois par des trous, racontait son grand-père.

–Je vais vous dire une chose, commissaire. Ou plutôt, venez vous asseoir au pied de l'escalier, et je vais vous raconter une histoire. Oh! comme c'est bizarre!

Le commissaire Jomusch descend derrière monsieur Volpi, s'assied avec lui sur la dernière marche sans quitter les fissures des yeux.

–Quand j'étais tout petit, commissaire, commence monsieur Volpi, mon grand-père me racontait de longues histoires. Celle que j'aimais le plus, c'était celle des trolls des cuisines. C'étaient de tout petits êtres, laids à faire peur, mais très gentils quand on savait s'occuper d'eux.

–Les trolls des cuisines? répète en souriant le commissaire.

–Les trolls des cuisines, comme je vous dis. Et ces affreux petits vivaient

entre les murs. Ils avaient, dans les murs des maisons, un assortiment de casseroles et d'ustensiles de toutes sortes, des réserves de blé et de farine, de sucre et de levure, de pommes de terre et d'oignons, de chocolat en poudre et de noix. Ils se servaient des murs des maisons comme d'une immense cuisine dans laquelle ils se promenaient toutes les nuits pour préparer à manger. Ainsi, lorsque, petits, nous entendions les bruits normaux d'une maison, les clous qui pètent l'hiver, les souris qui grignotent l'été, mon grand-père disait toujours : « Mes enfants, les trolls des cuisines sont à l'œuvre ce soir… » Alors, il prenait un air très sombre pour annoncer que, si les trolls étaient aux cuisines, c'est que quelqu'un allait mourir et qu'il leur fallait préparer le festin. Certains soirs, il nous faisait remarquer l'odeur du chocolat que les trolls s'affairaient à faire fondre, le parfum de l'oignon qu'ils faisaient blondir dans la poêle. Nous, nous savions bien que c'était la grandmère qui cuisinait très tard en prévision du lendemain. Et comme personne ne mourait jamais dans la maison, nous n'avions pas vraiment peur des trolls des cuisines.

– Personne ne mourait dans la maison, mais peut-être ailleurs, murmure le commissaire Jomusch en se relevant.

– Commissaire ! Vous savez bien que, sur cette planète, quelqu'un meurt chaque seconde, ou presque… Et ce n'est pas à cause des trolls de cuisines…

–Bien sûr que non, monsieur Volpi. Mais c'est une très jolie histoire, celle de vos trolls des cuisines! Et là, maintenant, vous sentez quelque chose?

Monsieur Volpi hume l'air humide de la cave.

–Je sens l'odeur de vos œufs brouillés à la ciboulette! Commissaire, soyons sérieux! Nous cherchons un vieux chien de quarante kilos et nous voilà dans la cave à nous demander si les trolls des cuisines ne sont pas en train de préparer le repas funéraire de quelqu'un… Nous déraillons un peu! Vos trois petits trous, vous y faites passer un chien comment?

–Nous déraillons un peu, comme vous dites, dit le commissaire en éclatant de rire. Nous ferions mieux de faire le tour de votre cave en sondant les murs. Mais il y a tout de même ces trous, et une odeur que je n'arrive pas à identifier. Chocolat ?

Monsieur Volpi, lui, ne sent rien du tout.

— Je vous l'ai dit, commissaire, les murs de cette cave ne peuvent donner ailleurs que sur l'extérieur. Pas de pièce murée, pas de pièce cachée.

— Pourtant, les murs de cette vieille maison me semblent d'une épaisseur tellement étonnante que je ne serais pas surpris d'y découvrir quelque chose.

— Vous n'allez tout de même pas défoncer les fondations de ma maison…

— Il y a un vide quelque part, monsieur Volpi. C'est impossible qu'il n'y ait pas un vide quelque part, insiste Jomusch. Nous ferions mieux de faire venir la sonde qui mesurera

pour nous l'épaisseur de vos murs et qui nous indiquera si ce que je soupçonne est vrai.

– Mais commissaire ! Albert ne peut pas s'être faufilé à l'intérieur de ces murs de pierre ! Que diriez-vous de remonter ? Je ne sais pas, je…

Le vieux monsieur Volpi devient soudain très pâle, les lèvres blanches, couleur de fantôme.

– Vous vous sentez bien ? lance le commissaire.

– Tout à fait, répond Volpi en inspirant fortement. Montez donc téléphoner, commissaire. Faites venir cette sonde, que nous en ayons le cœur net. Le téléphone est dans l'entrée. Je vous suis dans un instant… avec une petite surprise.

Monsieur Volpi garde à la cave une réserve de vin de framboises que le

jeune commissaire saura certaine-
ment apprécier.

Chapitre 7

Le commissaire Jomusch replace le combiné. La sonde arrivera dans une demi-heure. C'est Jo qui l'apporte.

– Monsieur Volpi ! lance-t-il du haut de l'escalier de la cave. Monsieur Volpi ? Nous l'aurons bientôt, la sonde ! Et gare à vos trolls des cuisines !

Le commissaire Jomusch s'installe au salon. Une surprise ? Que lui réserve donc le vieux monsieur Volpi ? Oui, il aurait bien aimé avoir un grand-père comme lui, un grand-père qui lui raconterait des histoires, même à son âge. Le commissaire a toujours aimé les histoires, mais personne, dans sa famille, n'avait l'art de les raconter. Personne: ni son père, ni sa mère, ni ses grands-parents ne savaient raconter les histoires assez bien pour qu'on ait envie d'y croire. Le commissaire Jomusch avait été élevé avec les contes que tout le monde connaît: *Les trois petits cochons* et *Cendrillon*, *Blanche-Neige* et *Le petit chaperon rouge.* Rien de plus. Monsieur Volpi, lui, semble avoir des réserves d'histoires.

Jomusch aimerait vivre dans cette maison, préparer les repas dans la grande cuisine, regarder la mer de la terrasse vitrée, admirer le soleil sur les planchers de bois blond, monter par l'escalier de l'entrée et redescendre par celui qui mène derrière, à la cuisine, flâner entre les deux avant de redescendre et rester sans bouger sur le palier tout calme, bordé de portes blanches derrière lesquelles les chambres inhabitées se taisent.

Le commissaire Jomusch sort attendre Jo dans le vent de plus en plus violent. Plus il y réfléchit, plus le problème est simple. Un chien qui ne peut pas sortir d'une maison se trouve fatalement dans cette maison. Monsieur Volpi a beau dire qu'il connaît sa maison par cœur, qu'il sait que tous les murs de la cave donnent sur l'extérieur, le commissaire tient tout de même à vérifier. Un gros chien, oui, même un gros chien peut s'aventurer dans un passage étroit, se retrouver dans une petite pièce dont, subitement, il ne peut ressortir. Parce qu'il est pris de panique, ou parce qu'il est malade, parce que… parce que… Toutes les raisons peuvent être bonnes.

Voici Jo. Sans prendre le temps de descendre de voiture, il tend au commissaire la sonde électronique, petit instrument tout simple qui sait lire entre les murs.

– Ça y est, Volpi! Nous l'avons! lance Jomusch en entrant dans la maison.

Mais Volpi ne répond pas. « Pas encore remonté de la cave ? » s'étonne le commissaire. Quelle surprise lui prépare-t-il donc ? Jomusch aime bien les surprises. Encore une fois, Jomusch se dit qu'il aime vraiment ce monsieur.

– Volpi ?

Pas de réponse.

Puis tout à coup, le commissaire

Jomusch entend monter de la cave, de loin, de très loin, un rire clair, un rire de femme, et un autre, plus grave. C'est celui de monsieur Volpi! Par-dessus les rires, des aboiements joyeux.

—Monsieur Volpi! Vous l'avez re-trouvé? Volpi? crie Jomusch en cou-rant vers l'entrée de la cave.

Chapitre 8

Jomusch comprend subitement qu'il n'est plus dans l'ordinaire. Il vient de mettre un pied dans l'extra-ordinaire, il le sait, il le sent.

Une lumière douce, un brouillard blanc monte du fond de la cave. Les marches du bas sont presque invisibles. Il entend toujours les rires, les aboiements, mais de très loin. Le commissaire Jomusch sent son cœur battre trop rapidement.

– Volpi ! appelle-t-il doucement. Volpi !

À peine pose-t-il le pied sur le sol

qu'il sent une petite main griffue lui agripper la jambe. Malgré toute sa bravoure, le commissaire Jomusch sursaute d'effroi.

– Vous n'avez rien à faire ici! crie une voix horriblement rauque. Retournez là-haut! Allez, zou!

Là, à ses pieds, Jomusch aperçoit dans la fumée blanche une sorte de lutin laid comme on ne peut pas imaginer, un petit visage fripé, des bras trop longs terminés par des doigts crochus. Un troll des cuisines!

– Retournez là-haut, ordonne sévèrement le troll. La maison est à vous. Tenez, voici les papiers. Monsieur Volpi vous fait ses amitiés.

– Les papiers? Quels papiers? Et… où est-il? Volpi! articule difficilement Jomusch, la bouche sèche, comme remplie de sable.

–Il est là, dans notre monde, dit le troll en indiquant vaguement quelque chose sur sa gauche. Vous ne pouvez pas y entrer. Il est là, en toute sécurité, avec madame Volpi…

–… et Albert? demande Jomusch.

–Albert est là aussi, ajoute le troll. Ils sont ensemble tous les trois. Ils n'ont pas besoin de vous.

–Donc, dit lentement le commissaire Jomusch en tentant de reprendre ses esprits, Albert est mort; Albert est mort comme madame Volpi. Et monsieur Volpi…

–Silence! fait le troll. Je vous le répète, vous n'avez rien à faire ici. Nous les prenons en charge, nous nous occuperons de leur bonheur à tous les trois. Nous leur ferons à manger –nous sommes les champions de la soupe–, ne vous inquiétez de rien. Ils sont chez nous, maintenant.

Le commissaire Jomusch arrive enfin à voir quelque chose. Là où normalement devrait se trouver le mur de pierre, il distingue clairement monsieur Volpi, rayonnant au milieu du nuage blanc, faisant doucement valser madame Volpi entre ses bras, elle tout heureuse, ses cheveux blancs brillant d'une étrange lumière. Et Albert, le gros Albert, l'énorme Albert tourne autour d'eux, presque debout sur ses pattes de derrière, la langue sortie, la truffe fouineuse. Monsieur Volpi, madame Volpi et Albert le chien, dont madame Volpi vient de faire la connaissance. Ils dansent. Ils rient. Jomusch voit-il vraiment Volpi lui adresser un clin d'œil discret ?

Le jeune commissaire s'avance

brusquement, les bras tendus vers Volpi, mais le troll le repousse en lui pinçant durement la jambe.

– Allez, allez ! Remontez vite ! Et n'attendez pas que j'aille chercher du renfort.

– Dites tout de même bonjour à monsieur Volpi…, murmure le commissaire, la gorge affreusement nouée. Et que…

– Je m'en charge, comptez sur moi.

Tout à coup, le brouillard blanc s'effiloche. Où est passé le troll ? Jomusch ne voit rien d'autre que les pierres grises des murs de la cave de monsieur Volpi. Plus de blanc, plus rien de cette lumière douce qui enveloppait tout il y a seulement quelques secondes. Plus de monsieur Volpi, plus de madame Volpi, plus d'Albert. À peine entend-il encore leurs rires. Et encore, est-ce bien des rires qu'il entend? Le commissaire Jomusch ne sait plus rien, ne comprend plus. La seule chose bien réelle, ce sont les larmes qu'il sent couler sur ses joues.

Lorsqu'il remonte comme l'a ordonné le troll des cuisines, ses jambes sont lourdes. Du plomb. Comme si elles refusaient de le ramener là-haut.

Dans le grand salon, le commissaire Jomusch se laisse tomber dans un fauteuil. Que lui arrive-t-il? Où est monsieur Volpi? Il ne va pas croire aux trolls des cuisines à son âge? Vingt-six ans, commissaire Jomusch! On ne croit pas aux trolls à vingt-six ans. « Cent ans de moins qu'Albert, remarque-t-il. J'ai cent ans de moins qu'Albert… »

Jomusch laisse retomber sa tête contre le dossier du fauteuil. Il demeure immobile un long moment, les yeux fermés. Des minutes ou des heures ? A-t-il seulement dormi ? Le ciel est toujours d'un gris de plomb lorsqu'il ouvre les yeux.

Là, de sa poche, au lieu du mouchoir qu'il cherche pour s'essuyer les yeux, Jomusch tire un papier. Celui du troll ? Ce ne peut pas être vrai, Jomusch le sait bien. Pourtant, c'est un vrai papier qu'il tire de sa poche et qu'il déplie, avant de lire :

« Mon petit commissaire, ne vous en faites surtout pas pour moi. J'ai été pris d'une faiblesse dans la cave en voulant vous choisir une bouteille de mon vin de framboises. J'ai tout de même eu le temps de vous écrire un mot pour vous dire que je vous jamais bien loin.

Affectueusement,

Votre Volpi

P.-S. Vous devriez vous acheter un chien. »

Sur un autre papier, d'une écriture différente, tracées d'une main moins sûre, deux phrases attestant que monsieur Volpi, Joseph, lègue ses terres et sa maison, avec tous les biens qu'elle contient, à Jomusch, commissaire, en ce douzième jour de juin 2000. À l'encre violette sur un papier très blanc, les grandes lettres malhabiles se détachent clairement : Jomusch sait que ce qu'il vient de lire a bel et bien été tracé par la main fatiguée de Volpi.

Le jeune commissaire se relève lentement, marche vers la terrasse pour aller observer la mer. Le vent s'affaisse un peu, mais les vagues sont toujours aussi noires. Le ciel aussi. «Une journée de fin du monde... Une mer de fin du monde...», a dit monsieur Volpi.

– Je veillerai sur les rosiers, mon bon Volpi, déclare Jomusch devant la mer.

À ce moment précis, un grand coup de vent balaie le ciel. Le voilà blanc, le ciel, comme si une couche de nuages, immaculée, résistait encore avant de dévoiler le bleu.

– Le ciel est blanc... Pour vous, Volpi! murmure encore le commissaire en souriant.

Les œufs brouillés
du commissaire Jomusch

Ingrédients :
4 œufs
30 g de beurre
ciboulette
3 c. à soupe de crème épaisse

Battre les œufs dans un bol,
saler, poivrer et ajouter le beurre
en petits morceaux.
Beurrer généreusement une casserole
à fond épais et y verser les œufs.
Placer la casserole au-dessus d'une
autre remplie d'eau aux deux tiers.
Chauffer à feu doux en remuant constam-
ment jusqu'à ce que les œufs aient pris une
consistance onctueuse.
Ajouter la crème et la ciboulette.
On peut ajouter ce qu'on veut (asperges,
épinards, tomates, fromage...)
aux œufs brouillés ou les manger ainsi,
avec des croûtons.

La soupe des trolls

Ingrédients :
tout ce qu'on peut trouver de
comestible dans un frigo
2 oignons
2 grosses laitues romaines
huile d'olive
1 litre de bouillon
1 c. à soupe de gingembre
haché finement
le jus d'un citron vert
crème

Faire le tri des restes qui vivent
dans un frigo – légumes (crus et cuits),
sauces, fromages, etc. – et tout couper en
petits morceaux. Couper finement
l'oignon et les laitues.
Faire chauffer l'huile d'olive dans
une grande casserole et y faire revenir
l'oignon. Ajouter les restes de frigo
et les laitues. Laisser cuire cinq
minutes en remuant.
Verser le bouillon et poursuivre
la cuisson. Ajouter le gingembre et le jus
de citron vert, saler et poivrer. Passer
le tout à la moulinette ou au mélangeur.
Ajouter un peu de crème.

Note du troll en chef:
Les quantités de bouillon et des autres
ingrédients varient en fonction
des trouvailles de frigo. Se servir de sa tête
en premier lieu pour évaluer
les proportions.

Dans la même collection